내 생의

눈부신 잉태

온미영 시집

내 생의 눈부신 잉태

온미영 시집

시인의 **말**

나는 그동안 삶을 산 것이 아니고 살아내려 했다. 산다는 것을 마치 전쟁을 대하듯 승리와 패배 둘 중 하나라고 여겼다. 어느 순간 문득 그저 살고 느끼고 보고 싶어졌다. 나와 삶 사이 아득하게 멀어진 간극을 좁히는 길에서 만난 시(詩)는 투쟁에서 입은 상처를 알아봐주고 감아주는 붕대처럼 따뜻했고, 때론 아픈 소독약처럼 쓰리기도 했다.

내안에 잠긴 고통의 찌끼들이 오물 토하듯 백지위로 떨어질 때, 시는 치료자가 되었고, 시를 쓰는 시간은 거울처럼 내가 보였다. 아직도 시에 대해 배워야 할 것들이 많지만 서둘러 시를 쫓아갈 수 없다. 시와 연결되는 통로, 그 신비한 마주침을 기다려야하기 때문이다.

삶이란 어떻게 살아가고 무엇이 필요한가? 이 존재의 고민을 한시도 멈출 수 없는 인간이야말로 고통과의 동행을 의미 있게 수용할 수 있다. 그 의미 속에 몸과 마음의 오감이 시어로 표현된다면 그것이 곧 독자들의 오감과 공감하는 시가 아니겠나 싶다.

삶의 좌절과 회복의 과정에서 오는 깨달음의 두께를 시로 옮겨 놓을 수만 있다면 그만한 기쁨이 또 어디 있겠는가. 고통과 희망은 어쩌면 한 동전 안에 존재하는 앞뒷면인지도 모른다. 내 시가 그런 동전 같은 시가 되길 바라며, 결국 나를 찾는 여행에서 스스로 시가 되는 그 날, 비로소 진정한 시인이 되리라 생각한다.

2016년 01월

온미영 씀

제1부 용기는 절망이 가져온 선물이다

제2부 **평범한 일상이 기적이다**

제3부 우리에게서 그리움을 삭제할 수 있을까

제
1
부

용기는 절망이 가져온 선물이다

겨울 문자

얼음창고 속 같은 겨울의 아침
그대의 곰살거리는 문자 속에서
찰진 쌀밥의 김 오르는 밥상이 온다

대지의 숨은 새싹에게서도
지독하게 추워 오히려 숨길을 찾아
푸른 새살 틔워 보겠다는 문자가 온다

잘 익은 고통에게서
영혼을 들어 올리고 낡은 나를 새롭게 하는
등불이 되어주겠다는 문자가 온다

찬바람이 부는 겨울
가슴 에이는 인생의 아침
꼭 하나 잊지 말라는 문자가 온다

'꽃보다 아름다운 너를'

바로 지금

그대
꿈이 있었는가
그 꿈은 아직도 혈관에서
당신의 심장을 돌고 있을 터
더 이상 타인의 꿈에 헌혈하지 마라
그대에게 꿈은 솟구치는 생명력
그 꿈을 기억하는가
바로 지금이다

그대
사랑하고 싶은가
당신 심원에 잠든 깊은 감각
내밀하게 들려오는 사랑의 언어
당신 삶의 엄숙했던 경계를 열고
뜨거운 피의 운동을 느끼는
일상의 기적을 원하는가
바로 지금이다

그대
오늘이 당신에게 있다
기적으로 가득한 유일한 삶
세상을 향해 두 팔을 열어라
행복을 노래하라
바로 지금이다

4월의 꽃길

여린 분홍 벚꽃의 마지막이 화려하다
연둣빛 산천을 누벼놓은 진달래가 눈부시다
숨을 넘기는 태양이 깃든 호수는 신비롭다

죽음을 정지시키는 봄의 향연으로
삽질 같은 허영과 가식을 벗는 날이구나

어제의 메마른 사막아
맹수들이 날뛰던 밀림아
암초에 걸린 희망아
땅 밑에 묻었던 마음의 열정아
불안으로 가득 찬 의식아
행복을 홀대했던 나의 영혼아

몸과 정신의 깊이가 닿는 이곳에서
햇볕 아래 보송한 순백 이불처럼
꽃으로 만발한 너의 얼굴
봄,
너의 품에 있는 날
빛으로 가득한 나를 만난다

아직도 가야할 길

우리 힘으로 어찌할 수 없는 길
상황에 압도되는 그 길
수용하기도 거절하기도 힘든
검은 운명 같은 길

황량하고 인적 없는 그 길
누군가의 손을 잡고 싶은 그 길
손가락 끝이라도 닿기만 하면 좋으련만
아무도 나를 알려하지 않는 길

그 길은
스스로의 여행길

그 길에서는 열고 인식해야 하며
더 큰 통증을 지닌 자를 수용하는 것이
운명처럼 여겨지는 길

그 길은
서로의 영혼에 위로와 축복의 지름길이며
그것은 자신을 깨우고 진리를 깨운다
땅에서 꽃들이 터지고 하늘의 별들이 춤춘다

이때 얻어진 빛은
운명을 뛰어넘는 기도의 길이 된다

사라지는 초록

종일 바람이 분다
이파리들이 소리 없이 고개를 꺾는다
어린 새들의 둥지가 위태하게 흔들리고
길은 온통 노란 서러움이 춤을 추며
내 길의 서러움은 날개도 없이 뜬다

맨발로 제 길을 내는 사람들은
소멸 앞에 더 겸허해지고
지금은 잠시 사라지지만
사는 게 죽는 것보다 낫다고 위로하는
초록의 푸르른 말 한 마디가 힘이 된다

풍화된 너의 이력이 오히려 반짝이는 것은
버거운 것들을 지고 가는 우리에게도
어깨를 들썩일 날이 온다는 것이지
여전히 소요하는 세상이지만
바람이 불면 얼굴에 더 꽃을 피우겠다

눈부신 기립

겨울이 허청허청 사라지는 무렵
저마다 근신시켰던 사연들을
봄빛에 기대어 한 장씩 꺼내 든다

어둠이 무서워 차라리 눈감고
흔들리기 싫어 쪼그리고 앉아
울음이 터질까 웃음도 삭제 했었다

찬바람이 엎드러진 눈부신 봄날
우북하게 쌓인 그늘 거두고
힘겨운 출산 끝에 비워낸 자궁처럼
다시 잉태의 시간 앞에 무릎을 굽힌다

희망의 근육이 올라오는 따뜻한 봄날
길목은 온통 꽃을 껴안고
나는 여자의 속옷 같은 웃음을 참지 못하고
세상만사를 봄볕에 널고 있다

나이의 향기

나무가 한 자리에 오래 머문다고
봄을 거절하는 것을 보았나요
들꽃이 한 철 폈다 저도 새해 다시
새벽처럼 일어나는 힘을 보세요
세상의 오물을 다 껴안은 바다가
아직도 푸르고 깊게 우리 곁에 있어요
시작되고 태어나려는 것들은
늘 새로워요
나이 들어갈 때 잊지 말아요
당신의 영감은 늙지 않을 수 있다는 것을
못난 고집이 나이 듦을 외롭게 해요
나이는 세상의 시린 발들에게
양말을 신기는 일이죠
마음을 치는 이야기로 한 세계를 이루고
그렁한 눈빛으로 세상을 닦아주어야 해요
나이는 계속 눈을 뜨는 일이에요
그래서 늘 새로워요
대단하게 자랑할 것도 없어요
그저 눈물 한 다발의 향기면 되죠

매화

한 겨울 모진 바람
차가운 땅이
무섭지도 않던가

그저
칼바람이려니
차가우려니

청고한 자태가
슬프게 아름답다

인생의 칼바람 따위
그저 그러려니
그러고 나면

청고하게
꽃 피우는 날 나도
매화의 얼굴이
되어 보겠다

바람의 자리

내가 선 자리에
간혹
바람의 뼈가 눕는다
상기된 바늘이 된 과거
어젯밤 넘은 산은 아무것도 아니다
이 바람의 자리가 그 산보다 높다
이 또한 지나가는 일이라고 하지만
조급하게 누워버리고 마는 나는
풀꽃이라도 좋으니
피어 달라 애원하며
바람도 누워가라고 눈을 감는다

신의 한 수

겨우내 헐벗는 일 고이 치루었다
온기 조금 실어온 바람결에
깊어진 혈관들
파르르 몸을 털고
함박 어깨를 펼친다
정갈하게 떨어진 햇볕 밑
지상의 푸르고 붉은 것들의 소풍을
감당할 하늘 북소리
둥 둥 둥

꿈꾸는 하루

비명 같은 눈물이
소문 없이 다녀간 숱한 시간들
붉은 물이 들도록 슬픔도 깊었는데
나의 살과 뼈는
수 만 별처럼 반짝인다

많이 울어야 행복해진다는 전설처럼
용서의 밤은 눈물이 있어야 한다지
신은 밤마다 칼날을 넘어서는 나를 위해
강박에 빠지지 않도록
중력을 해체시켜 주곤 했다

부서질 듯 부서질 듯
바람을 타는 붉은 낙엽처럼
무엇에도 자유를 빼앗기지 않으려니
불평도 욕심도 다 부서진 후에야
바람을 탄 듯 가벼워지더라

낡아가나 화려하고
사라지나 슬프지 않은 비움의 힘은
저기 저만치 보이고
산다는 것이 무엇인지 알게 되는
인생의 흙냄새도 알 듯 모를 듯

다만 여기
두 손바닥에 내려앉은 환한 가을볕이
별처럼 반짝이는 상처에 쏟은
소독약의 기포처럼
그저 황홀하기만 하다

삶에 올리브유를 붓고 싶다

회색길에 머문
가여운 입술들
바람 한 잔으로 붉은 춤 추네

그 길의 무거움을
단숨에 삼키네

무겁게 끌고 다닌
슬픈 어깨
바람 몇 잔 마시고

법석 떠는 단풍들처럼
지상의 붉은 별 되어

춤을 추듯
너에게로 가서
나의 왕국을 만들고 있네

나의 봄은 이렇게 왔다

봄 아래 누워보니
그동안 두꺼워진 외투 같은 속내가
햇살의 활기로 나비처럼 펄럭인다

산비탈에 엎질러진 꽃들의 연정이
노랗고 하얗고 분홍빛으로 새떼처럼 누워
그늘진 얼굴이 지날 때마다
슬픈 고립을 풀어 준다
얼음에 갇혔던 강도 초록강이 되어
수많은 사연의 체온을 높여주고
미움과 서러움을 올려놓으라 한다

껍질 바슬하게 수십 년 흔들린 나무들이
연두 잎을 베어 물고 있는 경이로움!
삶은 잔인한 것이라고 느끼는 순간에도
뿌리만 깊다면,
대륙을 넘는 나비떼의 날개짓처럼
미래의 그늘진 얼굴까지 꽃이 피게 하는,
이것이 눈부시게 와 있는 나의 봄이다

새것을 기다리며

갓난아이의 발꿈치에서
새것을 본다
병아리가 나온다
라디오 채널이 켜지고
보들거리는 뽀얀 웃음이
손끝에서 올라 심장에 모인다
흰 돌 같은 내 발꿈치에서도
껍질을 깨고 병아리가 나온다
머지않은 날에 꽃의 낯빛을 보는 듯
소외를 벗고 생것마냥 숨을 쉬고
걸어온 길을 바라본다
애잔하게 등을 보이고
황급히 돌아가는 한 해의 가쁜 숨 속에
기꺼이 참고 지낸 한숨도 섞어 보낸다
내일의 우련함에 겁내지 않도록
머리에서 가슴으로 도착한다
그 새것이

이젠 웃어

내가 푸른 봄,
봄처럼
꽃 피는 일, 햇볕 송이송이 쏟아지는 일
다반사로 일어나는 줄 알고 그만
새겨 놓을 생각도 못했지
봄 다음에 여름 가을 겨울
내게도 흥정이 안 되는 계절이 있다는 것
눈치 없는 신명으로 봄을 건너 왔어

그땐 사랑도 화재처럼 일어나고
이별, 그거
세상이 전부 연소되더군
그래도 생존의 자리는 지켜야 하니까
몇 번의 혁명 같은 오체투지(五體投地)로
검게 마른 가슴에 다시 불을 내었지

참…
가지런히 살아가는 일이 어렵다는 것
알게 되면서 내 안에 낯선 거인이 자라더군
이젠 그 거인과 살아
웃으면서

기꺼이 뜨거운 것

푸른 무늬 한 점 남지 않은 자리에
바작한 가녀린 것들
고동색으로 탁해진 나무의 뼈들, 내 뼈들
자작나무 같은 흰 뼈 사이에
뜨거운 말이 피더니
때론 다 덜어내고 물들어 보라 한다

그리도 좋아라 들썩이던 것도
결국 슬픈 전설로 남겨질 것들이기에
쓸쓸히 나부끼는 일이 있을 거라고

비로소 할 일은
느리게 빛나는 상처에
꽃진 자리 다시 꽃을 일으키는 봄날 되어
너에게 눈부시게 건너가
다시 사랑을 이룩하는
기꺼이 뜨거운 것이 되라 한다

화장을 벗는 날

오늘처럼
휘적휘적 바람이 걷는 길거리는
생채기 난 누런 이파리들이
용케 내 목젖 아래로 들어찬다
이때쯤은 나도
늙어가는 가을처럼 바람이 아프다

낙엽이 가는 핏줄을 터트리며
흘리는 캄캄한 눈물이
광속으로 속내를 돌아
뜨거웠던 광야의 뒤란에서
기도로 움켜쥐었던 진통을 무더기로 흔든다

바람도 휘청거리는 날은
차라리 흔들리게 놓아두자
짙은 화장을 벗는 날을 기다렸다는 듯이
웃음과 눈물의 이력이
낯선 시작을 위한 기도를 위해 무릎을 꿇는다

수만 번 그리워하다가 놓아버린 당신
따뜻했던 당신의 담장에 도착하면 반겨주려나
햇볕 유난한 봄이 되면
푸른 잎 틔우며 당신의 담장에서
목숨의 끈을 곱게 풀어 놓아 보리라

춤추는 시간

생의 한순간
내 머리위에 폭죽

벼들의 얼굴이 사라진 들판에
일제히 별의 하늘이 내려오는 것처럼
멱살 잡힌 숨에 스민 눈부신 햇살

어제까지 꺾인
영혼의 어깨를 부축하고
파리한 손을 바람 앞에 내밀어
목까지 채운 단추를 푼다

소멸은 시작의 시작
생을 흔드는 단풍의 불 불 불
인생의 쓴맛이 달달해지는 축제
생애의 근육이
휘이휘이 춤추는 지상의 가을

유년의 바다

아비를 모르는 나는
일 년에 며칠쯤은
아비 같은 바다가 출렁이는
잿빛 갯벌 등에 기대어 본다
쓸쓸한 오후가 고즈넉해지고
넓고 푸른 곳의 이야기는
침묵하는 아비의 말처럼
가슴으로 들린다

수천 년 살아보아도
절대 절벽은 없었고
떨어진 적도 없다고
바람이 불어도
놀라지 말고
파도에 몸을 맡기고
포기하지 말라고 한다

상처

풀꽃도
나무도
나비도
사람도
잠영된 핏자국 하나 없을까
자국마다 날카로운 상흔이 펄펄 살아있고
바람의 그림자가 울고 지났을 흔적
아찔거리는 절벽 끝에서
터진 상처를 바람붕대로 싸맨 채
죽은 새벽의 부활을 기다리며
나만의 샛별을 기다리던 그때
풀꽃도
나무도
나비도
사람도
다
제몫의 고통의 궤도에 서있음을 보았다

제
2
부

평범한 일상이 기적이다

폭우의 밤

오래된 미열이
구름처럼 따라다니더니
지상의 흠이란 흠은
모두 익사시키려는지
참는 것을 중단하고
몸을 풀어낸다
이런 날은 나도
좁은 골목 같은 시간의
헤지고 더께 같은 허물들을
내면의 법정에서 용서하고
저절로 아물다가 질겨진 상처의
두꺼운 껍질을 다 벗겨 내어
우울한 감기에 걸린
내 피로를 익사시킨다

감동의 습관

손가락 두 개로 코를 막아보라
맛있고 고맙다는 생각 없이 마시던
공기들이 그리워진다

손가락 두 개를 팔목에 올려보라
침묵하며 뛰고 있는 맥을 느낀다
리듬을 지키며 뛰어주는
심장이 고맙다

내 몸에서 일어나는
이 신비한 사건들이
날마다 기적을 일으킨다
이렇게 내가 존재하고 살아내는

존재의 그 길에서
웃고 울었던 기억들 그 길목마다
푸른 바람 같은 위로와 격려
감사이며 감동이며
살아갈 이유가 된다

그 이유로 세상과 산다
그 이유로 사람과 산다
그 이유로 사랑을 한다

머리 흰 똥

하얀 머리칼 하나를 뽑아
시간을 잠시 미루어 본다
그래도 아침이면 밤사이 쥐 같은 시간들은
흰 똥을 누어 놓는다
며칠 전 염색약 한 사발 치대 놓았는데
어김없이 흰 똥을 눈 것 같다

밤새 살아 있긴 했나보다
밤새 우주의 비밀은 움직이고
내가 한 발작 다가선 곳에선
아름다운 낙조의 눈부심도 보인다

쥐 같은 시간들은 뿌리 채 진혼곡을 들어도
눈발처럼 머리카락을 덮는다
연기처럼 사라져가는 검은 머리칼
그래도 마음은 흰 똥을 누지 않는다

기적의 시작

여느 아침처럼

쌀밥 냄새가 온 집안에 훈훈한데 습관으로 듣는 아침 뉴스에서

한 시대를 풍미하던 아직은 아까운 한 여인이

암으로 세상을 떠났다는 뉴스가 일상처럼 흐른다

납작한 적막이 머리의 반쪽을 잘라간다

얼마 전까지 코스모스 같은 미소로 삶의 열정을 보여 주었는데

전쟁, 당쟁, 살인 등 지구촌이 부글거리는 소식보다 그녀의 죽음은 더 소슬하게

달팽이관을 관통해 지나간다 얼마 전 젊은 가수의 허무한 죽음에 이어

아마 사람들은 자신의 검은 리본을 생각해 보겠지 생의 유한한 경계선에서

살아있다는 것은 얼마나 위대한 일인지,

수명의 끝이 다가오는 또 하루의 시작

아침공기 안에 가난한 마음이 떠 있다

세포의 질서에 가을볕이 드는 아침, 너 나 아무리 생각해도 기적이다

하루의 무인도

하루의 문을 닫고
별도 불도 꺼진 무인도
내 몸속 눈치의 찌꺼기와
꾹꾹 압착된 마음이
푸른 바다에 돛을 올리는 시간
고요하게 피곤을 펴고
마음에 인 보푸라기를 천천히 뜯어
불 꺼진 하늘에 날려 보낸다
그러다 보면 짓궂은 마음도
하나 둘 풀려 실실 웃음도 난다
지상의 소리가 꺼진 바닥에서
누구에게도 말하지 않은 너를 덮고
내일이면 환한 꽃 속에 있을 나,
깊이 익힌 꿈속이다

지친 하루 끝에서

문득
내가 얼마나 사소한 것들에 대하여
그리워하는지

아무것도 저장되지 않은 작은 방
옆방 딸애들 말소리는 비밀문서가 된다
언니의 데이트를 위해 동생이
이 옷 저 옷 골라주는가 싶더니
깔깔거리다가 다투기도 하는
이 정다운 소란

피로한 하루가 누워 이 사소한 일거리에
새삼 행복을 본다
온몸에서 올라오는 꽃잎들
희부연하기만 했던 오늘 웃음이 난다

몇 평 공간에 그득한 여린 풀꽃들이
몇 번이나 나의 얼굴을 스치고 있다

숨 고르기

현실의 안대를 벗고
천천히 눈을 감고
길바닥에 맨발로 서본다
달그락거리며 여과되는 햇살이
정수리에서 따스한 난로가 된다
새들의 화음이 눈썹 위를 지나자
담백한 국물이 이내 속을 데우는 듯하다
눈을 뜨면 이 세계를 볼 수 없다
풀잎의 푸드덕 소리
나무 몸통을 감는 벌레들의 숨소리
하늘을 돌다 떨어지는 바람의 숨

마음의 소란이 이내 사라지고
다른 생명들의 소리가
소리의 여백 안에서 강물이 된다
눈을 뜨고는 보지 못했던
수많은 나와 같은 생존자들,
때론 눈을 감고 발을 멈추어 본다
익숙한 것들이 소중하지 않을 때
사는 것이 시린 바람 같을 때
세상이 조화롭지 못하다고 생각될 때
숨 고르기가 필요하다면
길바닥에 맨발로 선채 눈을 감는다

남 몰래 웃음 짓는 날

그 날은 괜히 반쯤 접힌 이야기가
동공 앞까지 달려와 불길을 낸다

그 날은 이미 외부가 된 사랑도
내부에 들꽃 한 다발로 찾아든다
그 날은 괜히 사소한 것들이
불쑥 커져버리기도 해서
흰 눈 소복한 날
난로에서 김을 올리는 주전자를 보는 것처럼
따뜻함이 커지는 날이다

뜨겁게 사랑하다 사라지면
죽을 것 같았던 사랑도
남들만큼 살아보려는 세월이
무상하게 흩어지는 일도
그 날은 남 몰래 웃음 지으며
마음의 이 끝과 저 끝이 이어져
지평선이 되는 날이다

아
이토록 자상하게 웃어 볼 수 있다니!

비(悲)의 기도

신의 손끝에서
적도의 바다가 장미처럼 쏟아집니다
그래서 온 땅이 뜨겁습니다

고단한 이들의 낮은 신음과 컵컵 부은 눈물이
남극의 얼음처럼 녹아내립니다
그래서 온 땅이 차갑습니다

이따금의 울음이
진실의 바닥을 만나는 것처럼 이 비가
이 땅의 거짓과 부딪히며
바람의 높이에 진실이 걸리면 좋겠습니다

산란기의 연어처럼 물길을 거스르고 가야하는 고단한 삶
푸른 이파리 하나 펄럭일까마는
구석구석 자리한 고통들이
삶의 고전으로 서로를 받쳐 들었으면 좋겠습니다

저 먼 적도가 내 머리에 떨어질 때
상한 심정들의 쓸쓸한 언어들이

우리 모두의 안부를 위해
고요히 잉여의 별빛으로 반짝이면 좋겠습니다

초록의 길

오늘은 하늘도 맑았는데
별은 노인의 맥처럼 헐떡이며 떠있네요
검은 하늘에 별이 푸른 청춘처럼 빛나길 바라는 마음은
내 마음에도 무엇인가
반짝이길 바라는 날이죠

싱싱한 세상에서 나만
시들지도 모른다는 그런 못된 생각이
떠오르는 날은 그 옛적 코앞까지 쏟아진
콩처럼 박힌 별들이 그리워요

사면이 가려진 저녁 같은 심정에서
어김없이 돌아오는 새벽여명 같은
탄탄한 소식들이 기다려져요
내 핏줄에 초록의 길이 열리는
그런 소식말예요

행복의 발견

사은품으로 들어온 작은 전기밥솥
사용하던 명품 밥솥에 비하면
소꿉놀이나 어울릴만한 모양인데
알밤 속살 같은 밥을 금세 지어내는 게
그 동안 번잡했던 살림살이를 비웃는 듯하다
바로 지은 밥맛은
손가락으로 뜯는 겨울호빵처럼 달달한데
시간이 조금만 지나도 남은 밥이 마른다
먹을 만큼만 지으라는 것인지
넘치도록 쌓아두려는 욕심까지 납작하게 마른다
갓 지은 뜨거운 밥 한 공기로
속 데우고 등뼈 세우는데 지장 없으니
허기의 정량을 채우는 몇 그램의 자족에
무상으로 배급 받은 햇살 한 장 올려
이 발견된 행복을 세상을 향해 탄로 내어 본다

시인의 문장

언젠가 나무의 속을 보았다
늘 칙칙하고 거친 껍데기를 입고 살더니
저토록 희고 부드러운 속살을 어떻게 지켜 내었을까
셀 수 없는 비와 바람의 날
그 속을 지키려는 몸짓은 헤아릴 수 없겠지
"고통 없는 성장은 없다"는 문장이
희게 들어찬 속내를 두고 말하나 보다
한 고비 넘길 때마다
아픔의 흔적 같은 생의 끈들
겹겹 둥글게 무늬를 남겼다
살아갈수록 생의 껍데기가 두꺼워지는 일

두렵기도 하지만
꼭 그리 생각할 일도 아니다
언젠가 본 구두 수선하는 남자는
손이 나무 껍데기처럼 칙칙하고 거칠었다
수선집 낮은 창문에 걸린 햇볕 아래
남자의 얼굴에 새겨진 밧줄 같은 주름
그 위에 걸린 가족사진 한 장이
오래된 고목의 희고 부드러운 속살을 보는 듯
내 雨氣의 날에 생의 기미 당겨주는
시인의 문장이 되었다

안녕

여기까지 살아보니 알겠다
하루하루가 새로운 수명이었다는 것을
밤사이 우주의 자궁으로부터
생명을 부여받는 의식을 치루고
몇 밀리 자라난 몸속의 그 어떤 것들이
뭉클한 비밀 하나 간직하고
태어나고 있다는 것을
수천의 내가 태어나고 죽었다는 그 일
지금에야 알겠다
어제의 내가 오늘 안녕한 것은
몇 밀리씩 자라는 기막힌 생의 일이란 것을

이 생생한 기쁨이란… 참!

강물 풍경

겨울볕 잠시 들자
하늘이 뚝뚝 강물로 뛰어든다
연달아 강기슭 집들도 뛰어들었다
산 능선 마른 나무들까지
거꾸로 선 동네 어귀에 누워버린다
밤새 겨울 추위에 떨던 물고기떼
그 집에 들더니
볼록하게 떨어지는 햇볕 아래
지느러미 두런두런 부딪히고 있다
은비늘 수면이 이불처럼 덮어준다
땅이며 벽이며 짚어내느라 힘겨운 나도
팔다리 다 접고
볕 눈부신 저 동네 집 한 채 얻어
어스름 달빛 내릴 때까지
그대와 두런두런 부딪히고 싶다

천국의 시간

봄이 올 듯 말 듯
시려있는 풍경들 사이로
찬기 벗은 봄비가
따뜻한 생기로 떨어진다
그 바람에 이제 막
고개 내민 개나리
제 몸 젖는지도 모르고
봄비 받들어
온갖 갈등 얼룩진 길에
생사 아랑곳없이
노란 꽃잎들 힘껏
지상을 물들이고 있다
이렇게
온몸으로 받들어야
한 생명이라도 지키고
누군가를 빛나게 하는
꽃물 한 점이라도 되는 것이라고
일제히 벌린 입을 다물지 않는다
지천 개나리도 알고 있는,
우리가 상실시킨
이 흔한 천국의 시간이
여기 있다

나의 아버지

나의 상처는 아버지
상처를 깁는 실은 바늘이 없어야 한다
상처에 박힌 아버지가
붉어지니까

감히 상처를 깁지 못하고
오래오래 안고 살았다
감꽃 같은 고름이 시들고
여름 같은 눈물이 마르고서야
천천히 팔을 벌려 아버지를 놓아 주었다

아버지는 별이 되었다
살아서 내게 별이 된 적 없던 아버지
이제야 나를 비추며
알콜솜 같은 빛으로
비로소 아버지가 되어 있다

근육의 바다

퇴장하는 여름의 오기가 뜨겁다
잿빛구름이 떨어지는 바닷가에는
밑바닥 주름까지 게우는 흰 거품을
해변 목덜미에 푸르르 토해 놓는다
꿀꺼걱
토물을 삼키는 모래의 진저리
이내 비명은 그림처럼 잠잠해진다
여름을 건너가는 사람들 웃음이
흰 모래위에 반짝인다
젊은 아빠의 근육에 매달린 아이들은
푸른 고등어처럼 튀어오르고
아이들의 웃음이 커질수록
기억 속 남루한 아버지의 팔뚝이
나를 끌어안는다

새벽 도시락

벼슬 꼿꼿하게 핸드폰 알람이 울자
통통한 새벽이 문을 연다
뜨끈한 쌀밥처럼 보슬진 마음이
졸린 눈을 비비고
딸의 도시락 안에서 꼼지락거린다
커튼 같은 어둠을 들추고 일어난
햄 멸치 무말랭이무침
어젯밤 끓여놓은 매콤한 김치찌개는
다시 보글거리고
늦가을 마른 낙엽 밟히는 소리를 내는
사과의 하얀 과육에서
들꽃 같은 딸의 얼굴이 보인다
늘 설익은 직장인 엄마의 살림살이가
배우다 만 악기처럼
이십 년 째 서툰 칼질은 여전하다
아득 먼 곳에서
또 하나의 칼질소리가 걸어온다
뭉클하게 넘어오는 기억의 편린
솜이불 밑에서 누에처럼 등을 맞댄 새벽녘
자식들의 단잠을 지키려 손목 힘을 빼시던

엄마의 도마소리
내 무거운 책가방 안에서 달그락거렸던 양은도시락이
내 딸 보온도시락 안에서
시간의 경계를 지우고 있다

아름다운 낙하

한낮
이마 적시며 햇살 휘돌던 하늘
밤사이
거인의 정수리처럼 높이 솟아있다
밀가루처럼 날리는 가을햇살에
꼿꼿한 상처도
흰 깃발을 올리고
온 이파리
모두의 상처에
소멸의 십자가를 새긴다
푸른 이파리의 짧은 생애와
적요로운 상처의 기억은
높이 솟은 하늘에 누워
꽃 같은 몸짓으로
낙하를 준비한다
먼 훗날,
생성의 계절을 기별할 것이기에

허공의 국수

마음의 허기가 건들거린다
오늘은 매운 세상에
장대 국수 한 사발 말아서
밤새 후루룩거려야겠다

끝이 보이지 않는 그리움
사슴뿔같이 자라는 쓸쓸함
혈액처럼 흐르는 슬픔의 습기가
오달지게 고명으로 올라간다

국수맛은 문풍지를 세이는 바람 맛이다
허공의 국수집을 찾은 이들의
외로움의 바닥에는
당도하고 싶은 사랑이
별처럼 반짝인다

제
3
부

우리에게서 그리움을 삭제할 수 있을까

그리움을 모른다 하지 않겠는가

어둠 사이사이
빗물의 체온이
달리는 차들의 바퀴 밑에는
실연의 아픔이
통증을 삼킨 후 나오는 숨결인 듯
치르륵거리며
검은 허공으로 흩어진다

사랑을 잃은 후의 일상은
전염병처럼
좀체 파내지지 않고
손끝에서 시간만 찢고 있다

그리하다 그리움이 넘치면
어느 날 갑자기
폐선처럼
검푸른 시간을 삼키다가
결국 그리움을 모른다 하지 않겠는가

투정나는 날

오늘은 이유없이 투정이 난다
유난히 파란 하늘에는
깃발 같은 그리움이
오롯하게 솟는다
너에게로 가는 길에서
꽃잎처럼 붉어진 다리가
샛노랗게 내려앉고 마는
오늘은
하늘이 높은 것도 투정이 난다

꿈길의 너

너의 얼굴 한참 그리다가
꿈길에 들어서지만
연못 회색물고기처럼
좀처럼 만질 수가 없다
꿈길이니 한번쯤은 후하게
보여 질 수도 있건만
인색하게 등만 보이고 사라진다
심장 절반이 너 때문에
뛰었던 시간
아직도 그 습관으로 심장 절반이
남이 되어 있다
꿈길에서도 너는 인색하고
민낯 같은 밤이
한 자나 더 길어진다

사랑의 습성

수차례 시작해도 늘 새로운 떨림
너를 보면 언제나 시작이었고
헤어질 땐 언제나 끝을 보는 것 같았어
끝이 있다는 것은
세상에서 가장 정직한 진실

그럼에도
다시 시작하라면
한 번도 속지 않은 여자처럼
세상에서 가장 순진한 아이가 되어 버리는 것이
사랑의 습성인가 봐

시작과 끝을 수차례 보아도 되는 것은
나에게로 돌아오는 길을 만나는
단단한 날들이 되기 때문이지
그러니
사랑할 수 있을 때 사랑해

그 사람

그 사람이 기차를 탔다
수백 킬로를 가는 동안
내 손끝도 길어진다
그 사람이 떠나면
내 손 하나는
필경
돌아오지 못할 것이다

이상한 신발

누군가를 사랑하게 되면서
도무지 알 수 없는 마음의 길이
그 촉감이 요란하다
수 만 시간이 당장 당도하는가 하면
수 만 거리로 금세 도망쳐서
종잡을 수 없는 길이가 된다
너의 이름 하나가
신발처럼 내 삶에 붙었다

체온의 중심

우연히 우연히
정말 우연히
그렇게 어떤 만남

아주 오래된 바람결인 듯
체온의 중심이 된 너
달달하게 끌려드는 감각과 정신

지상을 떠있는 발
시간의 경계를 밟는 그리움에
떨칠 수 없는 몸 비비는 소리

무색무취에서 일어나는 봄처럼
습지 탈출의 전율
아 빠져 빠져
어디인지 모르는 그곳

바람꽃 기차역

너에게로 가는 기차역
기차를 기다리는 사람들이 흔들린다
가슴에는 저마다의 꽃을 안고
발효된 사연을 바람에 흔든다

곰삭은 사연들이 쏟아진 플랫폼
휴게실 낡은 창문으로
오명(汚名)의 계란꽃이 샛노란 심장으로
바람보다 더 파시시 웃는다

슬픔을 숨기고 사는 일로
샛노랗게 바래버린 가슴
바람보다 더 빠른 기차를 타고 가서
너의 목숨 안에서 계란꽃으로
파시시 웃고 싶다

사랑은 종교다

너를 온전히 초대하는 일은
따뜻한 잔인함을 함께 초대하는 것

너를 온전히 이해한다는 것은
낡은 어둠을 위한 빛을 준비하는 것

너를 위해 시간이 아껴지지 않는 것은
섬세하면서도 거친 마음의 운동을 각오하는 것

네가 나의 일부가 되었을 때
희열과 감탄의 만찬을 들게 되며
동시에 절망도 마시게 되는 것

그러나 그것은 행복한 여행의 시작
절반의 환상과 절반의 실제가
종교보다 강하게 영혼을 흔드는 것

떠나지 마라

사랑은
가볍거나 무거운 그 무엇이
나에게 앉아 있는 것이다

푸른 새벽빛 희망
하지만
내밀하게 차오르는 그리움으로
끝없이 목이 마르다

나를 잃었다가도
어느새 하얀 내 얼굴이 보인다

손끝에 닿을 수 없는
천 년의 그리움
나는 오늘도 너와 눕고 싶다

그대
떠나지 마라

뜨거운 생애

초록을 지우는 일이 어디 쉽나
밤 지나니 자분자분 빨강 주황 노랑 물들었다만
그래도 아팠어
그대들은 내가 그저 고요히 물든다 하며
참 이쁘다하겠지만
먹철만큼 어깃장도 놓으며 초록을 붙잡았지
뼈대 하나 없는 몸, 젊음 하나 놓기가
그리 쉽진 않아
이제 태양도 나와 거의 놀았다 할 것이고
그 흔한 빗물마저 내속에 들어와
흐를 일 없다 할 것이니
언제 다시 푸릇푸릇한 젖가슴 풀고
빠알간 광합성 이는 연애에 빠져볼까
나는 이제 물드는 일 외에는 할 것이 없어
남은 몇 날
빨랫줄에 걸린 색동처럼
눈부시게 흔들리는 일밖엔
그리하다 내 사랑의 몫 견딜 수 없어
가슴이 붉으면
뜨거운 이파리 하나가 노을빛 바다가 되는 거지
나이 드는 거…
그것이 그래

가을의 단상

바람이 눈발처럼 흩날리는 날

너도 그러한가
어느 따뜻한 인연에게 이유를 달고 싶은 거
혈관 어디서 간혹 심장을 두들기던
푸른 기억과 쓸쓸함을
조용히 기다란 눈썹에 걸어두고 싶은 거
짐짓 오만하게 욕망하며
가을처럼 붉게 타버리고 싶은 거

너도 그러한가
가장 품위있는 그리움을 말하며
어느 따뜻한 인연과 술 한 잔하고 싶은 거
붉은 이파리 쪼개어지는 소리에
눈부신 흔들림으로 몇 자 적고 싶은 거
사랑한다는 말없이도
사랑하는 것들을 품고 싶은 거

시간의 비늘

쉬잇, 가을아
거기 잠시
여름내 햇빛과 조우했던 잎들도
조금 더 푸르게 남고 싶데

새벽이면 찬이슬이 풀잎들을 눕히지만
들꽃다발 가득한 내 가슴은
아직 가난했던 사랑에 눈 붙이고 앉아
가까스로 홀로 누운 자리 껴안고 있어
조금 더 푸르게 살고 싶어서

통통한 석류알 터지듯하는
내 몸 터지는 소리에 놀라
너의 그림자 솟는지도 모르고
화사한 울음 울며
시간의 비늘을 벗기고 있어

상처가 두렵지 않아

더 사랑하고
더 표현하는 것은
한 번도 상처받지 않아서가 아니야
서있는 자리가 사랑이기 때문이지
뼈의 고단함을 일으켜 세우는 힘이고
지상의 슬픔이 잠식되는 힘이지
더 사랑하는 것에 금지는 없어
간혹 아픔이기도 하지만
밀랍 같았던 심장에 천둥치듯 피가 돌잖아
뭐든 타오를 때 날개가 솟거든
영원히 변치않는 사랑은 없다고 하지
곳곳에 겨누어진 불행의 총구 앞에
천국 같은 사랑도
욕망의 격차로 스며드는 허공이 있지
돌풍 같던 사랑이 소리없이
강물의 주름처럼 늙어갈 때는
착한 짐승처럼 소리없이 울 수도 있어
하지만 더 사랑하는 일이
덜 사랑하는 일보단 아름다워
빛바랜 그림으로 다가오는
미래의 감촉까지
안고가는 것이 사랑이야

밀회

이월, 아직 바람 찬데
마른 나뭇가지들의 갑작스런 발기
엊그제 영하였는데
그새 어떤 밀회가 있었을까
햇볕 내리치는 틈
목을 길게 뻗은 채
연둣빛 새끼들을 잉태 중이다

이월, 아직 바람 찬데
허락도 없이 이미 몇 사발의 봄이
내 피에 섞인 것인가
가슴에 꽃이 올라
형용사의 세상이 만발한다
내 생의 눈부신 잉태가 시작된다

사랑에게

그대여
지체없이 내게 오라
공허한 마음 낱낱을
함부로 지울 수 없는 초록으로
물들이고 싶다
그대가 들어온 곳
별안간 봄날이 된다
퀴퀴한 상처의 옹이에서는
하얀 이팝꽃이 소복하게 오르고
그리움의 절반은
지천 풀꽃으로 푸르다

경건한 광기

좋아 죽는 저이들
단단하게 껴안은 눈과 눈
그 사이 내가 알지 못하는
유독 시시덕거리는 그 무엇
펄럭이는 불꽃같은 발칙한 눈들
화염처럼 뿌려지는 가을볕에
이파리들의 눈부신 주검들
좋아 죽으면
이유가 필요없지
내가 좋아죽던
채집되어 있는 너의 색채가
이유없이 반짝이고
사뭇 경건한 광기로
오히려
황홀한 생애임을 알게 된다

어떤 여자의 소망

죽어서 바위가 되는 일이
무어 좋다고
세상에서 바위가 가장 믿음직하다며
죽어서 바위로 태어나 살겠다는 여자

그 여자 옆에 차라리 바위처럼
듬직한 남자 한 명 있으면
살아서도 죽어서도
그 남자의 여자가 되겠다할 텐데

온미영 첫 시집에 투사된 내면세계의 단초

-온미영 시집 『내 생의 눈부신 잉태』에 부쳐

이 시 환(시인/문학평론가)

온미영 첫 시집에 투사된 내면세계의 단초

–온미영 시집 『내 생의 눈부신 잉태』에 부쳐

이 시 환
(시인/문학평론가)

온미영 시인의 첫 시집『내 생의 눈부신 잉태』속에는 58편의 시가 3부로 나뉘어 실려 있다. 듣기로는, 그동안 창작한 작품 200여 편 가운데 시인 스스로가 고른 것이라 한다.

나는 이 58편의 시들을 사흘 동안에 걸쳐서 면밀히 읽어 보았는데 내 머릿속에는 여러 가지 상념들이 떠올랐다. 하지만 그것들을 단 한 마디로 말할라 치니 마땅한 단어가 떠오르지 않는다. 그래서 다시금 한 번 더 읽었다.

그녀의 시에는 음풍농월(吟風弄月)의 여유나 즐거움은 없다. 그녀가 응시(凝視)하는 주 대상이 자기 자신의 일상 곧 '삶'이자 그 삶의 주체인 '자기 자신'이기 때문이다. 그런데 그 삶조차 버거우며 힘들고, 그 자신조차 어둡고 괴로워하는 형국에 놓여 있다. 그렇다면, 그녀를 괴롭히는 직접적이고 현실적인 인자(因子)는 무엇이었으며, 그 괴로움의 정도는 어떠한가?

　가장 큰 직인은 '사랑함'에 있다. 누군가를 좋아해서 사랑하다가 미움이 생기고 끝내는 헤어지는 것도 커다란 고통이고, 일방적으로 누군가를 그리워하고 사모하는 것 또한 고통이다. 그런 줄 알면서도 그런 사랑으로부터 자유롭지 못하는 것 또한 온갖 번민의 온상이 된다. 삶의 욕구 가운데에서 가장 근원적인 것이 바로 애욕에 바탕을 둔 사랑이기 때문이다. 이 사랑의 문제는 시인에게 있어서 가장 큰 비중을 차지하는 고통의 씨앗으로 보인다.

　두 번째 직인은, 자식들 앞에서 어머니이고, 남편 앞에서는 아내의 직분으로서 가정생활에 충실해야 하고, 동시에 직장생활에서 맡은 바 임무를 수행하는 과정에서 불가피하게 받는 스트레스이다. 늘 시간에 쫓기고, 경쟁하며 대립하고, 경우에 따라서는 투쟁하다시피 살아가는 일상이 심신의 피로를 가중시키고, 그것이 그녀로 하여금 삶의 본질과 의미에 대하여 근원적인 질문을 갖게 하고 사색하게 했다고 판단된다.

세 번째 직인은, 아버지에 대한 좋지 않은 기억이다. 그것은 마땅히 있어야 하는 아버지에 대한 최소한의 신뢰가 없음이고, 아버지로부터 마땅히 받았어야 할 관심과 사랑이 없었다는 현실로부터 기인한다. 사실, 이 있어야 할 것이 없는 부재(不在)의 문제는 일상 속에서 어려움에 봉착했을 때에 더욱 커지며, 또한 갈등을 일으키며 사랑을 하면서도 그 이상의 사랑을 원하고 갈구하는, 이상적인 온전한 남성성에 대한 갈구와 의지심리와도 무관하지 않다고 본다.

이 세 가지 직인에 의한 정신적 고통은, 그녀의 일상을 직간접으로 지배하였기에 그녀는 '삶은 곧 투쟁'이라는 왜곡된 가치관을 갖고서 한동안 살 수밖에 없었던 것으로 보인다. 일상을 '경쟁(競爭)'이 아닌 '투쟁(鬪爭)'하듯이 살았기 때문에 그녀에게 남겨진 것은 오로지 상처(傷處)와, 그것이 아문 상흔(傷痕)과, 그 과정의 절망(絶望)뿐이었다. 그래서 그녀의 일상 속에서는 '눈물'이 끊이지 않았고, '칼날을 넘어서는' 것 같은 밤을 숱하게 지새웠으며, 목을 조르는 듯한 '숨 막힘'과 '한숨'과 '체념'과 '소외감' 등으로 가슴속만 시끄멓게 타들어갔다. 이러한 외상(外傷)으로 그녀의 몸과 마음은 상처투성이고, 그 상처가 깊어서 나무껍질처럼 거칠고 두터워져 있다.

그러한 시기가 얼마나 길었는지 시 문장 상으로는 정확히 판단할 수 없으나 그 아픔과 그 고통을 많이 인내하고, 자타의 잘못과 시행착오를 누누이 뉘우치면서, 새삼 삶의 의미와 방법에 대해서 곰곰이 되새기는 반성의 시간을 가졌으며, 동시에 사랑의 방법이나 의미 등에 대해서도 그간의 경험을 바탕으로 새롭게 인지하거나 깨우쳐나갔다. 그녀는 바로 그 깨우침을 실천에 옮기고자 노력함으로써 자신의 외상을 극복하는 특별한 과정을 거치게 된다. 곧, 온갖 고통을 풀어헤치고, 그 인고(忍苦)의 과정에서 얻은 깨달음을 하나하나 정리해 가는 작업이 바로 그녀에게 있어서 숨통을 트이게 했던 '시작(詩作)'이었던 것이다. 이러한 성격의 시세계에 대해서 나는 '해통득오(解痛得悟)'라는 한 마디 말로써 지금 표현하고 싶다.

고통을 해소(解消)하는 과정에서 얻은 깨달음이 있었기에 그녀는 시(詩)를 습작하면서 새로운 꿈을 다시 꿀 수 있었다고 본다. 상처투성인, 자신의 몸이 회복되어 청결해지기를 원했고, 자신의 마음이 안락하고 편안하게 머물 수 있도록, 아니 새로운 의욕을 갖고 살 수 있도록 진정한 사랑을 갈구하게 된다. 시인의 말대로 '경건한 광기'로 인생의 불꽃을 다 태우고 싶어 하는 것이다.

바로 이런 '거듭남'의 과정에서 수단이나 방법으로써 그녀에게 직접적인 도움이 되어준 것이 있다면 그것은 자연현상에 대한 관찰을 통한 순리의 인지(認知)이고, 종교적인 가르침에 대한 이해(理解)라고 나는 판단한다. 예를 들어 쉽게 설명하자면, 모든 갈등의 원인이 되는 욕구·욕심·욕망 등의 절제를 앎이며, 모든 생명체가 한결같이 소중하다는 사실을 깨닫는 일이고, 모든 생명체라면 의당 저마다 상처와 아픔이 있다는 것을 깨달음이며, 하루하루 살아가는 것 자체가 축복이며 기적이라고 여기게 됨이고, '뼈의 고단함을 일으켜 세우고 지상의 모든 슬픔을 잠재우는 힘'이 곧 사랑이라는 것을 터득함이다.

그래서 그녀의 시는 다분히 자신의 삶에 대한 성찰로부터 나온 자기 고백적이며, 절망 속에서 희망을 건져 올리는 자기극복의 노래이자 승리의 노래라 아니 말할 수 없다.

그녀의 문학적 수사력과 감각적 인지능력과 사유의 깊이를 단적으로 보여주면서, 절망 속에서 희망을 노래하고 아픔 속에서 기쁨을 노래하는 승리의 인동초(忍冬草) 같은 시인임을 입증해 보이는 작품 「강물 풍경」을 붙이는 것으로써 그녀의 시세계를 가늠해 볼 수 있는 내면세계의 단초를 매듭짓는 바이다.

이제는, 시인의 한 사람으로서 거듭나 괄목할만한 시업을 이루어내기를 기원해 마지않는다.

겨울볕 잠시 들자
하늘이 뚝뚝 강물로 뛰어든다
연달아 강기슭 집들도 뛰어들었다
산 능선 마른 나무들까지
거꾸로 선 동네 어귀에 누워버린다
밤새 겨울 추위에 떨던 물고기떼
그 집에 들더니
볼록하게 떨어지는 햇볕 아래
지느러미 두런두런 부딪히고 있다
은비늘 수면이 이불처럼 덮어준다

땅이며 벽이며 짊어내느라 힘겨운 나도
팔다리 다 접고
볕 눈부신 저 동네 집 한 채 얻어
어스름 달빛 내릴 때까지
그대와 두런두런 부딪히고 싶다

-작품「강물풍경」전문

-2016. 01. 22.

온미영 시집

내 생의 눈부신 잉태

초판인쇄 2016년 01월 25일 **초판발행** 2016년 02월 02일

지은이 **온미영**
펴낸이 **이혜숙** 펴낸곳 **신세림출판사**
등록일 1991년 12월 24일 제2-1298호

100-015 서울특별시 중구 충무로5가 19-9 부성B/D 702호
전화 02-2264-1972 팩스 02-2264-1973
E-mail : shinselim72@hanmail.net

정가 10,000원

ISBN 978-89-5800-166-9, 03810